1. Auflage 2022

Text: Petra Knocke
Illustration: Hilke Spinelli
Buchgestaltung: Thore Vermehren

Lektorat: Katharina Sieckmann
Druck und Bindung: SDP SachsenDruck GmbH, 08525 Plauen
ISBN: 978-3-9824058-0-3

Herausgeberin: Petra Knocke
Ocke Nerongstrasse 3b, 25938, Wyk auf Föhr
E-Mail: kontakt@hannaundolli.de
Website: hannaundolli.de

Für Charlotta Louise und

meine kleine beste Freundin Hanna.

Ich bin Hanna Hansen. Ich bin 10 Jahre alt und wohne auf einer Insel in der Nordsee. Die kann man nur mit einem Schiff vom Festland aus erreichen. Auf unserer Insel gibt es einen Kaufmann, einen Buchladen, einen Elektroladen, eine Polizeistation und ein Krankenhaus.

Wir haben einen sehr schönen Strand mit feinstem Sand. Wenn man vom Strand aufs Meer schaut, guckt man auf die umliegenden Inseln und Halligen, von denen man annehmen könnte, dass sie uns vor dem großen, weiten Meer beschützen. Unsere kleine Insel liegt wie eingekuschelt im Wattenmeer, direkt zwischen den anderen Inseln und dem Festland. Natürlich gibt es auch eine Schule auf unserer Insel. Ich gehe gerne in die Schule, Mama übrigens auch. Sie ist Lehrerin an unserer Schule. Sie unterrichtet Deutsch und Sport.

Auf unserer Insel wohnen über 1000 Menschen. Hier kennt jeder jeden. Das finde ich total schön! Man findet immer jemanden, mit dem man reden kann, man braucht nur vor die Haustür zu gehen.

ELEKTRO TONI

HOOL
POLIZEI
KAUFMANN SCHMIDT

Ich lebe mit Mama und Papa in einem kleinen Reetdachhaus, mitten auf der Insel. Mama liebt es, in ihrer Freizeit Feste auszurichten. An denen können dann alle Inselbewohner teilnehmen. Wir Insulaner lieben es zu feiern.

Mamas Sommerfeste sind sehr beliebt. Es gibt dort auch immer lustige Wettspiele, wie zum Beispiel „Eierlaufen“ - man läuft mit einem Ei auf einem Esslöffel um die Wette - oder „Sackhüpfen“ - man steckt mit den Beinen in einem Jutesack bis zum Bauchnabel - oder „Gummistiefelweitwurf“. Ihr könnt euch nicht vorstellen, wie viel Spaß wir immer haben! Groß und Klein treffen sich auf dem Fest.

Es wird den ganzen Tag gespielt, geredet, gelacht und abends auch getanzt. Meine beste Freundin Lucie war in diesem Jahr auch wieder dabei, sie hat ihre Ferien hier verbracht. Sie ist vor einem Jahr mit ihrer Familie nach Spanien gezogen. Wir haben uns so gefreut uns wiederzusehen!

Papa ist Wasserschutzpolizist. Er fährt jeden Tag mit seinem Boot rund um die Insel. Er passt auf, dass auf der Insel, aber auch auf dem Wasser, Recht und Ordnung herrschen. Papa sieht wie ein richtiger Seemann in Polizeiuniform aus.

Er ist sehr lustig. Das mag ich total und nicht nur ich, er ist auch bei allen Inselbewohnern sehr beliebt. Alle finden meinen lässigen, fröhlichen Vater toll und fühlen sich durch ihn sehr gut beschützt.

Er schafft es oft im Handumdrehen den ein oder anderen Schurken zur Strecke zu bringen. Dafür schätzen ihn alle sehr.

Mein bester Freund heißt Olli. Wir gehen in die gleiche Klasse. Olli geht nicht so gerne in die Schule, ihm ist das dort viel zu langweilig. Er ist nicht dumm, und er begreift auch alles schnell. Aber er sagt, Schule ist einfach nix für ihn. Obwohl wir gleich alt sind, ist Olli fast einen Kopf kleiner als ich. Mit seinen braunen Wuschelhaaren und dem Gesicht voller Sommersprossen sieht Olli irgendwie frech aus. Das ist er manchmal auch.

Erst am letzten Wochenende hat er sich einen Spaß gemacht und Luftballons mit Wasser gefüllt. Als er damit fertig war, nahm er sie und schmiss sie aus seinem Zimmerfenster direkt vor die Füße der vorbeilaufenden Leute. Die haben sich vielleicht erschreckt, als die Wasserbomben auf dem Gehweg vor ihren Füßen zerplatzten.

Olli hat sich köstlich amüsiert. Es dauerte nicht lange da kam auch Heini Buhr daher gelaufen. Onkel Heini hat die Wasserbombe leider voll erwischt. Sie ist direkt auf seinem Kopf zerplatzt. Heini und Ina Buhrs Haus steht direkt neben dem Haus von Ollis Familie. Onkel Heini war von oben bis unten nass. Er schrie: „Olli, du Flegel, ich werde mit deinem Vater sprechen. Du wirst schon sehen, was du davon hast!“ Das wusste Olli genau.

Es war nicht das erste Mal, dass er sich einen Spaß mit Onkel Heini erlaubt hatte. Ollis Vater schimpft dann für gewöhnlich: „Warum musst du Onkel Heini eigentlich immer so ärgern?

Du bist so ein frecher Bengel, du weißt was du zu tun hast!“ Das wusste Olli wie gesagt genau, zur Strafe muss er immer den Rasen von Onkel Heini und Tante Ina mähen. Das finden die Buhrs natürlich super und absolut gerecht. Ihr Rasen ist tip top in Schuss! Das liegt sicher daran, weil Olli ihn so oft mähen muss.

Im Sommer gehe ich mit Olli gern an den Strand. Ich hole ihn oft mit dem Fahrrad zuhause ab. Gemeinsam brausen wir so schnell wir können mit den Rädern dorthin. Wir spielen und baden dann immer vergnügt. Leider ist Olli eine echte Schlafmütze.

Er liebt es sehr, sich nach dem Baden auf seiner Decke auszuruhen. Dadurch verpasst er oft Spannendes, wenn er auf seiner Decke liegt und schläft. Wenn er wach wird, ärgert er sich und kann gar nicht glauben, was in der Zwischenzeit

passiert ist. Es ist immer was los am Strand. Letzte Woche erst ist was Lustiges passiert. Olli war gerade eingeschlafen als eine Frau sich mit ihrem Schlauchboot im flachen Wasser festgefahren hatte. Sie war einfach zu schwer für das kleine Gummiboot. Sie versuchte auszusteigen, plumpste aber immer wieder mit ihrem Po in das Boot zurück. Das sah sehr lustig aus.

Sie ärgerte sich und schimpfte vor sich hin. Irgendwann schaute sie in unsere Richtung und rief: “Mein Gott, kommt einem denn niemand zur Hilfe?“ Ich war gerade mit ein paar anderen Kindern dabei eine Sandburg zu bauen, als wir sie so schimpfen hörten. Ich fragte die anderen: „Wollen wir ihr helfen?“

Die anderen Kinder waren einverstanden. Wir ließen unsere Schaufeln fallen und liefen zu der kleinen runden Frau. Das Wasser reichte gerade mal bis zu den Knien, als wir vor ihrem Schlauchboot standen. Die Frau schaute uns wütend an und rief mit donnernder Stimme: „Worauf wartet ihr? Los, helft mir!“ „Guten Tag, gnädige Frau“, antworteten wir lachend im Chor. „Natürlich helfen wir Ihnen gerne!“ Wir ließen uns nicht von ihrer schlechten Laune einschüchtern. „Lacht nicht so schäbig, na los, helft mir hier raus.“

Ich antwortete ihr im ruhigen, freundlichen Ton: „Das machen wir, auch wenn Sie gerne etwas freundlicher sein könnten!“

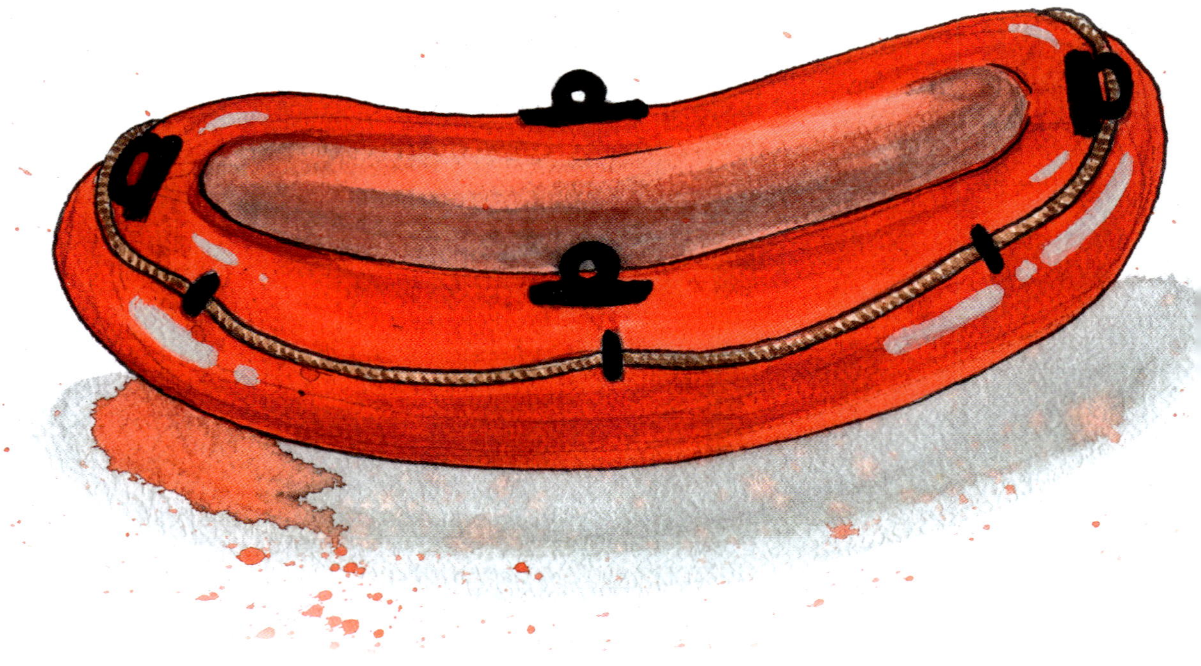

Dann drehte ich mich zu meinen Freunden um und sagte: „Lasst uns an ihren Armen ziehen, und zwei von uns können von hinten am Po drücken, dann kriegen wir sie schon irgendwie hoch“. „Wehe ihr seid nicht vorsichtig! Ich bin sehr empfindlich“, meckerte die Frau. Wir ließen uns von ihrem Geschimpfe nicht beeindrucken. Wir stellten uns vor und hinter ihr auf, und zogen und drückten kräftig an ihr herum. Sie konnte sich dadurch tatsächlich aufrichten.

Die Frau sah ulkig aus. Sie hatte ein sehr langes Kleid an. Es war knallrot und es waren große gelbe Blumen draufgedruckt. Und ihr kleiner runder Kopf war genauso rot wie ihr Kleid. Es fehlte nur noch, dass ihr Dampf aus den Ohren kam.

Wir Kinder hielten sie weiter fest, damit sie beim Aussteigen nicht wieder umkippen konnte. Ihr kleiner, dicker Bauch wackelte, und sie quiekte wie verrückt, als sie versuchte, aus dem Boot zu steigen: „Ahhhh, ist das Wasser kalt.“

Wir Kinder konnten uns inzwischen alle das Lachen nicht mehr verkneifen. Denn als sie ins flache Wasser stieg, saugte sich auch noch ihr Kleid voll. Nun war sie von oben bis unten nass. Das Kleid hing wie ein nasser Sack an ihr herunter.

Es war der Frau nicht möglich, sich darin zu bewegen. „Was für ein Urlaub!“, schrie sie uns an. „Und dieses schreckliche Wasser überall, ich kann mich in dem nassen Kleid nicht bewegen! Helft endlich, anstatt zu lachen!“ Langsam reichte uns das Geschimpfe der Frau und ich sagte sehr freundlich, aber bestimmt: „Nun reicht es aber! Wir sind gerne bereit, Ihnen zu helfen, aber halten Sie jetzt endlich den Mund!“ Die Frau schaute mich verdutzt an, verstummte sofort und sagte für kurze Zeit kein Wort mehr. Ich nutzte ihre Sprachlosigkeit und zog ihr einfach das Kleid aus. Sie ließ es sich sogar gefallen. Mürrisch und ohne ein Wort zu sagen, stapfte sie beleidigt an den Strand.

Scheinbar besserte sich ihre Laune etwas, als sie im Sand stand. Sie sagte noch etwas mürrisch: „Auch wenn ich jetzt in Unterwäsche laufen muss, muss ich mich wohl bei euch bedanken. Tut mir leid, dass ich so unfreundlich war!" Wir Kinder lachten und riefen: „Keine Ursache!"

Wir gingen gut gelaunt zu unserer Sandburg zurück. Die übrigen Badegäste hatten das Schauspiel aus ihren Strandkörben beobachtet und hatten so ordentlich was zu lachen, erst recht, als die kleine, runde Frau in ihrer Unterwäsche an Olli vorbeizog, der gerade wach wurde. Als die Frau direkt an seiner Decke vorbeilief, schrie er aus vollem Hals und mit weit aufgerissenen Augen: „Hanna, was hast du dich verändert!"

Die Frau begriff natürlich schnell, dass der freche Olli sie veräppelte, und sie schimpfte aufgeregt: „Unmöglicher Lausebengel, gibt es denn so was, so ein frecher Bengel!“ und zog beleidigt ab.

Jetzt will ich dir erzählen, was gestern passiert ist. Es ist unglaublich, aber wahr! Ich schwöre!
Olli und ich waren wieder am Strand.

Olli schlief wie immer nach dem Baden auf seiner Decke. Ich saß neben ihm auf meinem Handtuch und schaute aufs Wasser und beobachtete die Schiffe. Ich mag es, mich nach dem Baden von der Sonne trocknen zu lassen und dabei aufs Wasser zu schauen.

Papa fuhr gerade mit seinem Polizeiboot Streife. Das macht er mehrere Male am Tag. Er weiß an welchem Strandabschnitt Olli und ich immer spielen und baden. Wenn er hier vorbeikommt, winkt er uns eifrig zu und hupt dann sogar einmal kurz, bevor er in den Hafen und zur Polizeistation zurückfährt. Papa war gerade mit seinem Boot an uns vorbeigefahren, als ich ein Plätschern an der Wasserkante bemerkte. Es war eine kleine Robbe, die an den Strand geschwommen war. Sie schleckte sich eine verletzte Pfote und versuchte, sich den Sand vom Fell zu klopfen.

Ich ging auf sie zu. Olli schlief immer noch. Die kleine Robbe schaute mich flehend an, und rief: „Kleines Mädchen, bitte hilf mir!“ Ich war verdutzt, träumte ich etwa? Ich kniff mir vorsichtshalber in den Arm. Nein, ich war eindeutig wach.

Die Robbe redete! „Wer bist du? Du kannst ja sprechen!“, rief ich erstaunt. „Ich bin Robbie“, antworte die kleine Robbe, „ich spreche eigentlich nie. Du bist die Erste, mit der ich rede.“ Die kleine Robbe richtete sich auf, als wenn sie glaubte, ich würde sie dann besser verstehen. „Ich brauche deine Hilfe“, fuhr sie fort. „Es ist allerdings wichtig, dass du niemanden verrätst, dass ich sprechen kann. Keiner darf es wissen!“, flehte sie mich an. „Na klar! Das verspreche ich dir, ich verrate nix! Wie kann ich dir helfen?“

„Hanna…“, begann die kleine Robbe. Ich war verdutzt, „woher kennst du meinen Namen?“, fragte ich verwundert. Robbie antwortete: „Ich habe dich schon oft beobachtet, wenn du hier mit Olli spielst. Deshalb weiß ich wie du heißt. Und deshalb bin ich sicher, dass du die Einzige bist, die mir helfen kann. Mir ist aufgefallen, dass du sehr geschickt bist, und dir fällt immer etwas ein und das genau brauche ich, um meine Familie zu retten. Hanna, ich brauche deine Hilfe, weil meine Familie in großer Gefahr ist!“ Ich

war total verwirrt, was konnte die kleine Robbe bloß meinen? Wie aufregend, eine sprechende Robbe, die meine Hilfe brauchte! „Erzähle mir bitte, was passiert ist und vor allem, wie ich euch helfen kann“, flüsterte ich mit klopfenden Herzen. Oh Mann, wie konnte Olli schon wieder alles verschlafen? Auf die Idee, ihn zu wecken, kam ich vor Aufregung erst mal nicht.

„Wir sind vor ein paar Wochen von Piraten gekidnappt worden“, begann Robbie. „Wir werden gezwungen, die Piraten bei deren Räubereien zu unterstützen. Wir müssen aufpassen, dass sie nicht von der Wasserschutzpolizei entdeckt werden, wenn sie andere Schiffe überfallen. Und sie benutzen uns geschickten und wendigen Robben auch, um Schätze aus versunkenen Schiffen zu bergen.

Wir können sehr gut tauchen und auch sehr gut unter Wasser gucken. Die Piraten halten uns in einer Kajüte an Bord ihres Piratenschiffes gefangen." Robbies Gesicht sah sehr traurig aus, während er sprach: „Sie drohen damit, meine Familie zu töten, wenn wir versuchen zu fliehen. Ich mache mir große Sorgen um sie!" Mir wurde ganz flau im Magen: „Wie schrecklich!", rief ich nun fast etwas zu laut. Mir war überhaupt nicht klar, wie ich der armen kleinen Robbe helfen konnte und fragte: "Was kann ich nur tun, um dir zu helfen? Erkläre es mir bitte!"

„Pass auf, was ich dir jetzt sage", Robbie schaute fest in meine Augen. „Siehst du die Steinsäule

dort an der Promenade, mit ihrer langen Stahlkordel, die bis in den Strandsand führt?“ „Ja“, antwortete ich, „das ist eine spezielle Sonnenuhr. Die hat unser Steinmetz vor einigen Jahren im Auftrag vom Bürgermeister gebaut.“

„Das ist die offizielle Variante, so wird es erzählt“, entgegnete Robbie. „Keiner weiß jedoch, dass es eine Verankerung ist. Die Stahlkordel hält die Insel in ihrer Position in der Nordsee. Sie würde sonst wegschwimmen. Ich habe die Verankerung im letzten Jahr zufällig entdeckt, als ich zum Abkühlen von unserer Sandbank ins Meer gehüpft bin, um eine Runde um die Insel zu tauchen.“

„Nein, so ist es nicht!“, rief ich, „das haben wir immer aus Spaß gesagt, weil es so aussieht.“ Aufgeregt wedelte ich mit meinen Armen durch die Luft.

„Ich muss dir sagen, dass es die Wahrheit ist“, bekräftigte Robbie, „und - ob du es glaubst oder nicht - ich bin in der Lage, den Anker zu lösen. Dann beginnt die Insel sofort, im Meer zu treiben. Sie gleitet wie von selbst durchs Wasser, ich kann sie problemlos hinter mir herziehen, wenn ich will“, erklärte Robbie weiter.

„Und natürlich kann ich sie auch wieder hierher zurückbringen“, fügte er grinsend hinzu. Ich war total durcheinander. Konnte so etwas sein?

Ich versuchte ruhig zu bleiben und fragte mit leicht zitternder Stimme: „Was soll das alles bedeuten? Und was hast du genau vor? Erkläre mir bitte genau, was passiert ist!“

Meine Stimme überschlug sich, und mein Herz schlug noch schneller vor Aufregung.

Robbie sah mich mit seinen runden Knopfaugen liebevoll an, als wolle er mich beruhigen und holte tief Luft, um meine Fragen zu beantworten.

„Die Piraten haben mit einer List herausbekommen, dass meine Familie und ich die Menschensprache verstehen. Deshalb haben sie uns gefangen genommen. Sie wissen jedoch nicht, dass wir die Menschensprache auch sprechen können, das haben wir nicht verraten. Weil wir alles verstehen, können sie uns genaue Anweisungen geben. Wenn sie unsere Hilfe benötigen, können sie sicher sein, dass wir genau das machen, was sie von uns verlangen. Die Piraten wussten, wo es südlich von Grönland, das liegt im Eismeer Richtung Nordpol, in einem versunkenen Schiff einen Diamantenschatz gibt. Sie haben uns gezwungen den Schatz aus dem Schiff zu holen. Etliche Forscher haben schon versucht, das versunkene Schiff zu finden, jedoch ohne Erfolg.

Du weißt ja sicher, dass wir Robben sehr gute Schwimmer und Taucher sind. Wir haben das versunkene Schiff sofort gefunden, als sie uns an die vermutete Stelle gebracht haben.

Sie haben Papa und mich gezwungen, zum versunkenen Schiff zu tauchen, um den Schatz zu holen. Das Schiff liegt schon viele Jahre am Meeresboden.

Für uns war es ganz leicht, in die Tiefe zu tauchen. Mama und meine Schwester haben sie als Geisel an Bord behalten. Somit konnten sie sicher sein, dass wir den Schatz auch zu ihnen bringen und nicht fliehen, sobald sie Papa und mich von Bord lassen. Wir entdeckten das versunkene Schiff schnell, und wir waren dann auch in Sekundenschnelle im Inneren des Wracks. Die kleine Kiste mit den Diamanten fanden wir in einem kleinen Raum neben dem zerborstenen Steuermannshäuschen. Wir holten die kleine Truhe mit den Diamanten im Nu aus dem Wrack heraus und schwammen mit ihr zum Piratenschiff.

Die Piraten johlten vor Begeisterung, und in ihrem listigen Blick spiegelte sich die Vorfreude auf den Schatz, als sie uns mit der Schatztruhe an der Wasseroberfläche sahen.“ Ich war entsetzt! Der arme Robbie! Ich schaute ihn

mitleidig an. Der erzählte fast atemlos und ohne Pause weiter: „Die Piraten wollen den Schatz in Amsterdam verstecken. Das ist die Hauptstadt der Niederlande. Die Stadt ist wunderschön. Sie ist mit vielen Grachten durchzogen. Das sind kleine Flüsschen, die sich durch die ganze Stadt ziehen. Amsterdam ist berühmt, für seine vielen kleinen Grachten, aber das weißt du ja sicherlich."

„Ja, das weiß ich! Stell dir vor, mein Ur-Ur-Opa besaß ein kleines Wohnhaus in Amsterdam. Er arbeitete damals auf einem Amsterdamer Walfangschiff als Kapitän, wie viele Insulaner damals. Auf unserer Insel gab es kaum Arbeit. Man ist von Amsterdam aus nach Grönland gefahren, um Wale zu fangen. Damit hat man viel Geld verdient. Aber erzähl bitte weiter Robbie!"

Robbie hatte mir aufmerksam zugehört und schien für einen kurzen Moment seinen Kummer vergessen zu haben, er nickte begeistert: „Wow, interessant! Darüber musst du mir unbedingt noch mehr erzählen, wenn wir Zeit dazu haben!"

Grönland
Island
Irland
Vereinigtes Königreich
Belgien
Frankreich

Norwegen
Schweden
Finnland
Dänemark
Hannas Insel
Friesland
Niederlande
Deutschland
Polen
Amsterdam

„Das mache ich gerne, darüber gibt es viel Spannendes zu erzählen.“ “Fein“, sagte Robbie und erzählte seine Geschichte weiter: „Also, dort gibt es in einer Gracht unter Wasser eine Tür, die zu einem Versteck führt. In dieses Versteck muss meine Familie den Schatz bringen. Da haben wir schon einmal wertvolle Dinge hinbringen müssen. Die Piraten haben in ihrem großen Piratenschiff ein kleines Motorboot mit einem doppelten Boden.

In dem doppelten Boden werden Papa und meine Schwester mit dem Schatz versteckt. Mit diesem Motorboot fahren dann zwei der Piraten in die Gracht, und Papa und meine Schwester bringen, ohne dass jemand etwas sehen kann, den Schatz von dort aus in das Versteck. Die Polizei wird nichts merken. Es wird aussehen, wie eine ganz normale Bootstour von zwei Urlaubern, die die Stadt besuchen.“

Unglaublich! Was für eine ungeheuerliche Geschichte! Ich konnte am ganzen Körper spüren, dass es hier um Leben und Tod ging. „Hanna, ich mache mir große Sorgen um meine Familie!“, sagte Robbie mit zitternder Stimme und Tränen in den Augen weiter.

Es war deutlich zu spüren, wie groß Robbies Angst war. „Du tust mir so leid, Robbie! Aber bitte erzähle mir unbedingt eins, wie konntest du fliehen?“ Robbie antwortete: „Als wir uns von Grönland mit dem Diamantenschatz auf dem Weg nach Holland, also den Niederlanden gemacht haben und uns ungefähr auf der Höhe von eurer Insel befanden, griff ich zu einer List. Ich habe in der Kajüte, in der uns die fünf Piraten eingesperrt haben, ganz viel Lärm gemacht. Ich bin in der Kajüte unruhig auf- und abgerobbt. Ich habe versucht auf mich aufmerksam zu machen, und es gelang mir.

Ich konnte einen Stuhl umstoßen. Der Piratenchef öffnete die Tür. Ich robbte ruhig auf ihn zu und schaute ihn bedeutungsvoll an. Ich bewegte meinen Kopf so auf und ab, dass er annahm, dass ich ihm etwas zeigen wollte. Er nahm mich aus unserem Gefängnis heraus. Er glaubte tatsächlich, ich wüsste, wo es hier in der Gegend noch ein versunkenes Schiff mit einem Schatz gibt.

Der Piratenkapitän hielt mich über die Reling. Er hielt mich fest in seinen kräftigen Händen. Er fragte mich, ob sich an der Stelle an der wir uns jetzt befanden, auch noch ein versunkenes Schiff befinden würde.

Ich nickte zur Bestätigung heftig mit meinem Kopf auf und ab. Das freute ihn sehr, aber so löste sich sein kräftiger Griff. Ich nutze sofort den losen Griff und sprang aus seinen Händen über Bord ins Wasser. Dabei habe ich meine Pfote verletzt. Ich musste es riskieren, um zu fliehen. Wir konnten sicher sein, dass die Piraten meiner Familie jetzt nichts antun würden. Sie müssen ja schließlich den Schatz noch in der Gracht verstecken.

Ich bin so schnell wie möglich zu dir geschwommen. Ich kenne dich nämlich schon lange, weil wir oft im Sommer hier auf der Sandbank gechillt haben. Ich habe dich dann gerne beobachtet, wenn ich mir genüsslich die Sonne auf den Bauch scheinen ließ.“

„Echt?“, fragte ich überrascht, „habt ihr hier immer Urlaub gemacht, so wie es die Menschen auch machen?“ „Ja“, antwortete Robbie, „wir sind sehr gemütliche Lebewesen, wir lieben es, in der Sonne zu liegen und zu entspannen, wie dein Freund da“, Robbie zeigte auf den schlafenden Olli. „Ich habe gesehen, wie ihr gespielt habt und weiß deshalb, dass du tolle Ideen hast. Und genau das kann ich jetzt gut gebrauchen. Du hast einen sehr klaren und scharfen Verstand.“

„Findest du? Äh, danke...“, sagte ich und fuhr mir etwas verlegen mit den Händen durchs Haar und fragte: „Was meinst du, wo sind die Piraten jetzt?“ „Ich schätze immer noch kurz hinter Amrum“, antwortete Robbie, „sie haben dort geankert, nachdem ich von Bord gesprungen bin. Sie haben nach mir Ausschau gehalten. Sie können mich nicht mit ihrem großen Schiff verfolgen, weil es hier zwischen den Inseln

im Wattenmeer zu flach ist. Das Schiff würde sich ja auf dem flachen Grund festfahren. Aber wem erzähle ich das", Robbie grinste mich an und fuhr fort: „Wahrscheinlich gehen sie gleich von Anker und nehmen Kurs auf Amsterdam. Sie wollen so schnell wie möglich den Schatz verstecken. Wenn dann das Schiff von der Polizei kontrolliert wird, finden sie nichts Verdächtiges."

„Gut, Robbie", unterbrach ich ihn, „lass uns nachdenken. Was können wir machen? Du bist sehr schnell, viel schneller als ein Boot, das weiß ich. Aber du kannst mich nicht lange tragen. Außerdem würde mir sehr schnell kalt werden, schließlich habe ich nicht so ein schönes schützendes Fell wie du!" Nun mussten wir beide grinsen. Robbie schaute immer wieder zur Sonnenuhr, und plötzlich wusste ich, was ihm durch den Kopf ging...

„Nein, das geht nicht!“, rief ich. Ich war kreidebleich und schaute die kleine Robbe entgeistert an.

„Doch“, antwortete Robbie, „es geht, ich habe es schon probiert. Eines nachts im letzten Sommer habe ich euch schon einmal nach England gezogen und habe euch morgens gleich wieder zurückgebracht. Keiner hat etwas davon mitbekommen, niemand hat was gemerkt.“ Ich hielt mir die Hände vors Gesicht. „Warum hast du das gemacht?“

„Ich wollte es einfach mal ausprobieren. Ich habe von meinem besten Freund im letzten Jahr zum Geburtstag eine ganz besondere Alge geschenkt bekommen. Mein Freund sagte mir, man bekäme unge-

ahnte Kräfte von ihr, man könne durch sie sehr schnell schwimmen, man müsse nur ein Stück von ihr essen. Das habe ich getan. Seitdem habe ich diese Kraft. Eure Insel war einfach perfekt, um zu testen, wie schnell ich wirklich bin!“, antwortete Robbie. Ich war fassungslos! Das so etwas möglich war! Ich hatte aber keine Zweifel, dass Robbie mir die Wahrheit sagte.

„Du hast ja Nerven“, antwortete ich nur. Robbie fragte erstaunt: „Wie meinst du das? Weil wir Jagd auf die Piraten machen und du praktisch hier am Strand stehen bleiben kannst?“ Robbie kam gar nicht auf die Idee, dass es ungewöhnlich ist, eine Insel in einer Nacht mal eben nach England und wieder zurückzuziehen. England ist bestimmt gute 300 Seemeilen entfernt.

Ich antwortete nur, um mir nicht anmerken zu lassen, dass ich so verwundert war: „Robbie, so ist es, auf Piratenjagd zu gehen, ohne sich vom Fleck zu bewegen, das ist schon toll! Es ist unglaublich, wie gut wir uns verstehen! Ich habe das Gefühl, wir würden uns schon länger kennen, dabei sind es erst ein paar Minuten.“

Und es dauerte nur wenige Minuten, bis wir einen einigermaßen guten Plan geschmiedet hatten, um Robbies Familie zu retten. Wir hatten nur ein Problem und das war die zerrinnende Zeit. Sie drängte und sie duldete keinen weiteren Aufschub. Wir mussten sofort handeln. Olli fing auf einmal im Traum an zu sprechen: „Papa anrufen“, sagte er leise.

Hatte er alles, was wir geredet haben mit in seinen Traum genommen? Es sah so aus. Ich ließ ihn einfach weiterschlafen, wie hätte ich ihm auch alles so schnell erklären sollen. Olli ist toll, er ist sogar eine große Hilfe, wenn er schläft. Ich musste unbedingt wissen, bevor wir losfuhren,

ob Papa sicher im Hafen angekommen war. Ich rief ihn kurz an. Alles war gut, er war auf dem Polizeirevier.

Für unsere Mission hatten wir das Glück auf unserer Seite, es kam Seenebel auf. Beste Voraussetzung für unseren Ausflug. Die umliegenden Inseln und Halligen verschwanden im Nebel. Keiner konnte merken, dass sich die Insel bewegen würde. Robbie wusste ja, wie und wo man den Anker löst, an dem unsere Insel befestigt war. Er schwamm an die Stelle und löste ihn zügig. Bevor er es tat, gab er mir

noch ein besonderes Fernglas, das hatte er sich einfach von den Piraten genommen. Durch das Fernglas konnte man sogar bei Nebel in die Ferne schauen. Das war genial, und los ging die Fahrt. Der Fahrtwind unterschied sich kaum vom normalen Wind, er war nur gleichmäßiger. Unglaublich, dass so eine kleine Robbe eine ganze Insel an einem Stahlseil mit so einer Geschwindigkeit durchs Meer ziehen konnte!

Wow, und dass unsere Insel zwischen unseren beiden Nachbarinseln durchpasst, wer hätte das gedacht? Schnell waren wir auf dem offenen Meer und unsere Insel wurde von Robbie in Richtung Süden nach Holland gezogen. Ich rief: „Robbie, bist du sicher, dass wir die Piraten finden?“

„Vertraue mir!“, rief Robbie zurück, „meine Freunde aus dem Meer haben mich auf dem Laufenden gehalten. Sie haben mir gesagt wo die Piraten jetzt sind. Der Informationsfluss unter Wasser läuft hervorragend!“

Schnell tauchte Robbie wieder mit der unteren Körperhälfte ab, um noch mehr Gas zu geben. Ich stand immer noch an unserem Strand, und neben mir schnarchte Olli. Unfassbar, dass er nicht aufwachte... Der leichte Fahrtwind ließ meine Haare im Wind wehen, ein schöner gleichmäßiger Wind und gar nicht so kalt. Wie spannend, wir waren auf dem offenen Meer! Es war einfach klasse. Ich beschloss nun doch Olli zu wecken. „Olli, aufwachen!“, rief ich. Olli räkelte sich und murmelte: „Hanna, hab ich zu lange geschlafen?“

„Nein, alles gut, könnte sein, dass ich gleich deine Hilfe brauche. Du müsstest vielleicht gleich unter Wasser ein Seil befestigen oder so.“ Olli antwortete schlaftrunken: „Ich bin der beste Taucher unserer Schule, kein Problem. Mann, ist das auf einmal neblig und es ist ganz schön windig findest du nicht? Woher hast du das Fernglas?“

Olli schnappte es sich und schaute durch. „Wow, krasser Traum! Ich sehe Helgoland! Dieser riesige Felsen, auf dem ganz oben die Häuser stehen. Das haben sie erst kürzlich im Fernsehen gezeigt!“ Olli war begeistert. Er glaubte aber tatsächlich, dass er noch schlafen würde, ich ließ ihn erst einmal noch in dem Glauben.

Wir waren so unglaublich schnell! Es war noch nicht lange her, dass wir unseren eigentlichen Platz in der Nordsee verlassen hatten, und jetzt waren wir schon weit hinter Helgoland. Bei diesem Tempo würden wir in Kürze in der Nähe der holländischen Küste sein. So war es auch! Als wir uns der holländischen Küste näherten, tauchte Robbie auf. Ohne den im Stehen halb schlafenden Olli zu beachten rief er aufgeregt: „Vor uns sind sie! Hanna hast du dein Handy dabei, ruf deinen Vater an!“

Mein klarer Verstand funktionierte trotz des starken Windes und der Geschwindigkeit. Mir war klar, dass es noch etwas zu früh war,

um Papa anzurufen. Wir mussten uns bis Amsterdam unauffällig an die Fersen der Piraten heften. „Lass uns noch ein bisschen warten!“, rief ich. „Auf der Höhe von Amsterdam werden doch zwei der fünf Piraten mit deiner Schwester und deinem Vater von Bord gelassen, um mit dem kleinen Motorboot in die Gracht zu fahren. Mit dem großen Piratenschiff kommen sie dort ja nicht hinein“, erklärte ich.

„Ja das stimmt Hanna!“, antwortete Robbie. Ich erklärte weiter: „Es kann jetzt ja nicht mehr lange dauern, bis wir dort sind. Dann kannst du heimlich hinter dem kleinen Motorboot herschwimmen, und wenn ihr am Versteck seid, kannst du mir ein Zeichen geben. Dann rufe ich Papa sofort an. Außerdem werde ich gleichzeitig die Amsterdamer Polizei verständigen. Die können dann das Versteck in der Gracht durchsuchen. Da befindet sich sicher noch viel mehr Diebesgut. Und wenn die Amsterdamer Polizei schon einmal da ist, kann sie gleich die beiden Piraten im Motorboot festnehmen.

Dann haben deine Schwester und dein Vater sofort ihre Freiheit zurück.“ Ich atmete einmal tief durch und erklärte weiter: „Mein Vater kann sich gleichzeitig um das Piratenschiff kümmern. Da warten ja schließlich noch drei Piraten auf die Rückkehr vom Motorboot. Die kann er dann festnehmen und später ins Inselgefängnis stecken.“

„Das macht Sinn, du bist großartig Hanna!“, freute sich Robbie während meines Vorschlags. „Und wenn Papa das geschafft hat, dann können wir endlich auch deine Mutter befreien.“ Ich erklärte alles ruhig und klar, wie eine richtige Anführerin. Ich war selbst überrascht von mir. Robbie war begeistert und antwortete: „Hanna das ist super! Ich wusste, dass ich mit dir zusammen meine Familie retten kann, ich bin so froh!“

Robbies Augen strahlten. Und ich stand stolz an der Wasserkante im Sand, als Robbie wieder abtauchte.

Olli stand weiter träumend neben mir und stammelte immer und immer wieder: “Krasser Traum, hoffentlich werde ich jetzt nicht wach! Eine Robbe spricht mit Hanna, und Hanna ist auf Piratenjagd, so etwas Verrücktes habe ich noch nie geträumt!“

Er nahm sich ständig das Fernglas und schaute fasziniert durch. Wieder stieß Olli lallende Freudenrufe aus: “Wahnsinnstraum! Ich sehe Inseln an einer Küste! Hanna, wir fahren! Mit der ganzen Insel!

Es sieht ganz so aus, als wenn wir Richtung Süden treiben, als wenn es an der Niederländischen Küste entlang geht! Es sieht wie auf einer Landkarte aus, bloß in echt! Jetzt biegen wir leicht links ab, und ich sehe immer noch diese Küste mit Inseln davor! Das ist Holland! Ganz sicher!“

Ich wunderte mich total, dass Olli immer noch träumte wie ein Schlafwandler. Olli musste doch langsam merken, dass er nicht schlief, und so war es auch...

Seine halb schlafend und lächelnden Gesichtszüge veränderten sich von einem Moment zum nächsten dramatisch. Er starrte mich entsetzt

mit weit aufgerissenen Augen an und kreischte fürchterlich: "Hilfe! Ich werde verrückt Hanna, hilf mir! Hilfe, Hilfe! Das ist bestimmt eine Strafe für mich. Ich will nie wieder jemanden ärgern!"

Olli war richtig panisch. Ich musste etwas unternehmen, der arme Kerl! Er glaubte tatsächlich er würde für seine Streiche bestraft. „Olli, entspann dich! Es ist alles gut, vertrau mir! Ich werde dir alles erklären, es ist nichts Schlimmes, versprochen!“ Olli schaute mich erleichtert an und beruhigte sich genauso schnell, wie er auch in Panik geraten war. Er schaute mich verschmitzt an und sagte: „O.k. Hanna, krass, echt cool! Sag, wie machst du das? Super Streich, zeig mir wie das geht!“ Schon war Olli wieder der Alte, typisch! Wenn es um Streiche geht, wird er wieder klar...

Ich erzählte Olli die ganze Geschichte. Ollis Mund stand weit offen. Fasziniert hörte Olli sich an, was passiert war als er noch geschlafen hat. Nun konnte er sich auch einen Reim auf meine Unterhaltung mit Robbie machen, als er glaubte noch zu träumen. Olli war Feuer und Flamme und wild entschlossen bei der Rettungsaktion von Robbies Familie zu helfen.

Als wir auf der Höhe von Amsterdam angekommen waren, tauchte Robbie wieder auf. Er begrüßte erst einmal den wachen Olli, bevor wir unseren weiteren Plan besprachen: “Hallo Olli, ich bin Robbie, aber das weißt du sicher schon.“ „Hallo Robbie! Ja, Hanna hat mir alles erzählt. Verrückte Geschichte! Ich möchte dir auch sehr gerne helfen. Deine Familie steckt ja in ziemlichen Schwierigkeiten. Und ich verspreche dir, dass ich natürlich niemanden von alledem hier erzählen werde! Das hier bleibt unser Geheimnis, versprochen!“

Robbie schaute Olli begeistert an: „Ich habe nichts anderes von Hannas bestem Freund erwartet, danke Olli“, sagte er und fuhr fort, „Olli, der Plan ist, dass ich gleich heimlich hinter dem kleinen Motorboot herschwimme.“ „Ja, das hat Hanna schon erzählt“, antwortete Olli und machte Robbie einen Vorschlag, „Ich denke es macht Sinn, wenn ich dann das Seil von dir übernehme. So kann ich die Insel in Position halten, damit wir nicht abtreiben, was meinst du Robbie?“ Olli und Robbie waren sich

sympathisch, das merkte man sofort. „Guter Plan, mein Freund! Es kostet kaum Kraft die Insel in Position zu halten, sie lässt sich ja auch leicht bewegen. Das sollte kein Problem für dich sein. Hannas Vater darf auf keinen Fall merken, dass eure Insel jetzt ganz woanders ist“, erklärte er weiter. Während Ollis und Robbies Unterhaltung, hielt ich weiter mit dem Fernglas Ausschau nach dem Piratenschiff. Es befand sich in einiger Entfernung vor uns.

Die Piraten begannen bereits, den Anker zu setzen. Wir mussten unauffällig noch ein Stückchen näher an sie herankommen. „Leute, wir müssen jetzt handeln, sie lassen den Anker schon zu Wasser! Es kann also nicht mehr lange dauern, und sie werden das Motorboot mit Robbies Vater und Schwester im doppelten Boden zu Wasser lassen!“, rief ich aufgeregt.

Olli reagierte rasch und rief Robbie zu: „Robbie, ziehe die Insel noch ein bisschen näher ans Piratenschiff, dann springe ich ins Wasser und übernehme das Seil!“ „Mache ich“, antwortete Robbie und tauchte wieder ab.

Er zog die Insel in sicherer Entfernung an das Piratenschiff heran. Nun konnte man es auch ohne Fernglas bequem vom Strand aus sehen.

Olli zog sich seine Badehose an und lief ins Wasser. Er schwamm auf Robbie zu und übernahm das Seil. Stolz streckte Olli in Siegerpose seine Arme in den Himmel und winkte mir zu.

Robbie machte sich auf den Weg. Das Motorboot wurde gerade zu Wasser gelassen. Er schwamm unauffällig hinter ihm her. Nun mussten wir uns etwas gedulden, der Weg von der Küste in die Stadt hinein dauerte mit dem Motorboot etwas länger. Robbie folgte dem kleinen Boot unauffällig durch die Grachten. Es waren viele kleine Boote unterwegs. Die Piraten konnten ganz entspannt ihr Diebesgut durch die Grachten schippern, das glaubten sie zumindest. Dass sie unter Wasser von Robbie verfolgt wurden, ahnten sie nicht.

Als sie am Versteck angekommen waren, sorgte Robbie dafür, dass ich das verabredete Zeichen bekam. Der Informationsfluss unter Wasser ist wirklich hervorragend! Ich starrte die ganze Zeit aufs Wasser, und da, da sprang ein Hering! Er sprang aus dem Wasser drei mal vor mir hoch. Eine sehr gefährliche Aktion für den Hering, eine Möwe hätte ihn fast geschnappt. Nun konnte ich die Amsterdamer Polizei informieren. Dann rief ich Papa an. Meine Stimme überschlug sich förmlich, als er sich am Telefon meldete: „Papa! Papa!“

Mehr brachte ich erst einmal nicht heraus. „Kind, was ist los? Warum bist du so aufgeregt? Man könnte meinen, du hättest ein Piratenschiff gesehen!“, rief er fröhlich ins Telefon. Er hatte ja keine Ahnung...

Ich musste mich erst mal beruhigen, aber das gelang mir zum Glück schnell. Und auch meine Stimme wurde klarer und fester. „Genauso ist es, ich habe ein Piratenschiff gesichtet, Papa!“, antwortete ich noch etwas aufgeregt. „Du musst sofort kommen! Ich glaube es sind mindestens drei Piraten an Bord, sie sind bestimmt gefährlich!“

Mein Vater blieb absolut ruhig und besonnen. Er ist es gewohnt mit Räubern zu tun zu haben, er hat sie bis jetzt immer erwischt und dingfest gemacht. „Wo in etwa siehst du sie gerade?“ Papa war etwas verwundert, dass ich vom Strand aus ein Piratenschiff sehen konnte, das konnte ich ihm anmerken.

„Ich kann es von unserer Badestelle aus sehen, an dem Strandabschnitt, an dem ich mit Olli immer bin.“ „Alles klar! Ich mache mich jetzt von der Polizeistation auf den Weg zum Hafen. Ich mache das Polizeiboot schnell los und komme direkt zu dir an den Strand gefahren! Da halte ich kurz, um dich mit an Bord zu nehmen. Olli schläft ja sicher noch, oder?“, fragte Papa. „Nein, er ist kurz unterwegs. Wir brauchen nicht auf ihn warten, wir können sofort los. Bis gleich

Papa!“, antwortete ich. Nachdem mich mein Vater am Strand aufgepickt hatte, fuhren wir direkt auf das Piratenschiff zu. Ich blieb erst einmal an Bord des Polizeibootes.

Papa meinte, es sei sicherer für mich hier abzuwarten, bis er die Piraten überwältigt hatte. Dann könnte ich anschließend immer noch an Bord des Piratenschiffes kommen.

Ich musste nicht lange warten. Die Piraten waren total überrascht worden von meinem Vater. Mit ihm hatten sie nicht gerechnet. Wie auch? Sie fühlten sich hier absolut sicher. Dass sie vor der Küste Hollands von meinem Vater, dem Inselpolizisten gefasst werden würden, das war für sie unbegreiflich. Sie schafften es nicht einmal, ihre Waffen zu ziehen, so überrascht waren sie von seinem plötzlichen Erscheinen.

Mein Vater ist sehr geschickt und schnell. Im Handumdrehen hatte er die drei Piraten überwältigt. Zur Sicherheit fesselte er sie, damit sie nicht wieder entwischen konnten. Papa bemerkte nicht, dass er sich nicht nur an der Küste unserer Insel, sondern auch vor der Küste Hollands befand, als er die Piraten festnahm. Er kannte die Gauner, er hatte schon lange nach ihnen

gefahndet. Sie haben schon so einige Schiffe überfallen und ausgeraubt. Natürlich war Papa erleichtert, dass er sie endlich gefangen hatte. Nun gab er mir ein Zeichen, dass die Luft rein war. Ich kletterte im Handumdrehen auf das Piratenschiff. Papa merkte sofort, dass ich etwas suchte und fragte: „Na, Schätzchen, suchst du einen Schatz? Du willst doch nicht, dass ich dir auch Handschellen anlegen muss, oder?“, scherzte Papa. „Nein, nein, ich schaue mich nur um“, lachte ich.

Papa war überrascht und wunderte sich sehr, dass ich in einer Kajüte eine Robbe fand. Ich nahm sie behutsam auf dem Arm und flüsterte ihr leise zu: „Ich bin Hanna, Robbies Freundin“, sie schaute mich glücklich an, und verstand sofort. „Bitte schwimme in Richtung Insel, da werden wir hoffentlich gleich deine Familie treffen“, flüsterte ich ihr noch ins Ohr, bevor ich sie ins Wasser ließ.

Bei Robbie lief auch alles wie geplant. Nachdem ich die Amsterdamer Polizei informiert hatte, haben die sich sofort auf den Weg gemacht und waren sehr schnell am Versteck. Robbies

Schwester und Papa waren bereits mit der Beute im Versteck, und die Piraten saßen unauffällig pfeifend im Motorboot und tranken eine Dose Bier. Sie sahen wie ganz gewöhnliche Urlauber aus.

Die Amsterdamer Polizei stürmte das kleine Boot und umgehend klickten die Handschellen. Sehr zur Überraschung und Verzweiflung der Piraten. Das Versteck war voller Diebesgut, das nun sichergestellt werden konnte. Die Piraten wanderten direkt ins Amsterdamer Gefängnis.

Robbie, sein Papa und seine Schwester waren glücklich, als sie sich in die Arme schließen konnten und schwammen gemeinsam durch

die Grachten zurück ins Meer Richtung Insel. Sie waren sicher, dass der Inselpolizist das Piratenschiff sichergestellt hatte und Robbies Mama in Freiheit war. So war es ja auch. Die wartete schon sehnsüchtig und voller Sorge auf ihre Familie. Sie hatte große Angst, dass in Amsterdam etwas schief gegangen sein könnte. Als die drei vor unserer Insel auftauchten, war sie überglücklich. Sie schlossen sich erleichtert in die Arme. Die kleine Robbenfamilie war froh, dass sie wieder zusammen waren, und dass sie endlich in die Freiheit des großen weiten Meeres zurückkehren konnten.

Nachdem die glückliche Familie sich begrüßt hatte, rief Olli, der immer noch die Insel in Position hielt: „Hallo, ich bin Olli und ich freue mich sehr, dass ihr eure Freiheit zurückbekommen habt, aber einer von euch müsste mir dringend das Seil abnehmen, mir ist sooo kalt!“

Robbies Familie lächelte amüsiert und schaute mitleidig auf den fröstelnden Olli. Robbies Vater zögerte keinen Moment. Er nahm ihm sofort das Seil ab. Olli schwamm dankbar so schnell er konnte an den Strand und kuschelte sich gleich in seine wärmende Decke ein.

Papa hatte mich auf dem Rückweg vom Piratenschiff direkt wieder an unseren Strandabschnitt abgesetzt, denn er wollte die Piraten so schnell wie möglich zur Polizeistation bringen und sie dort direkt ins Inselgefängnis stecken. Papa hat glücklicherweise nicht gemerkt, dass sich unsere Insel ganz woanders befand, als er mit den Piraten an Bord in unseren Hafen fuhr.

Nun wurde es langsam Zeit, den Heimweg mit unserer Insel anzutreten. Robbie und seine Familie beschlossen, die Insel abwechselnd von Holland zurück an ihren richtigen Platz zu ziehen.

Ich hatte es mir neben Olli auf meinem Handtuch gemütlich gemacht. Gemeinsam schauten Olli und ich aufs Wasser.

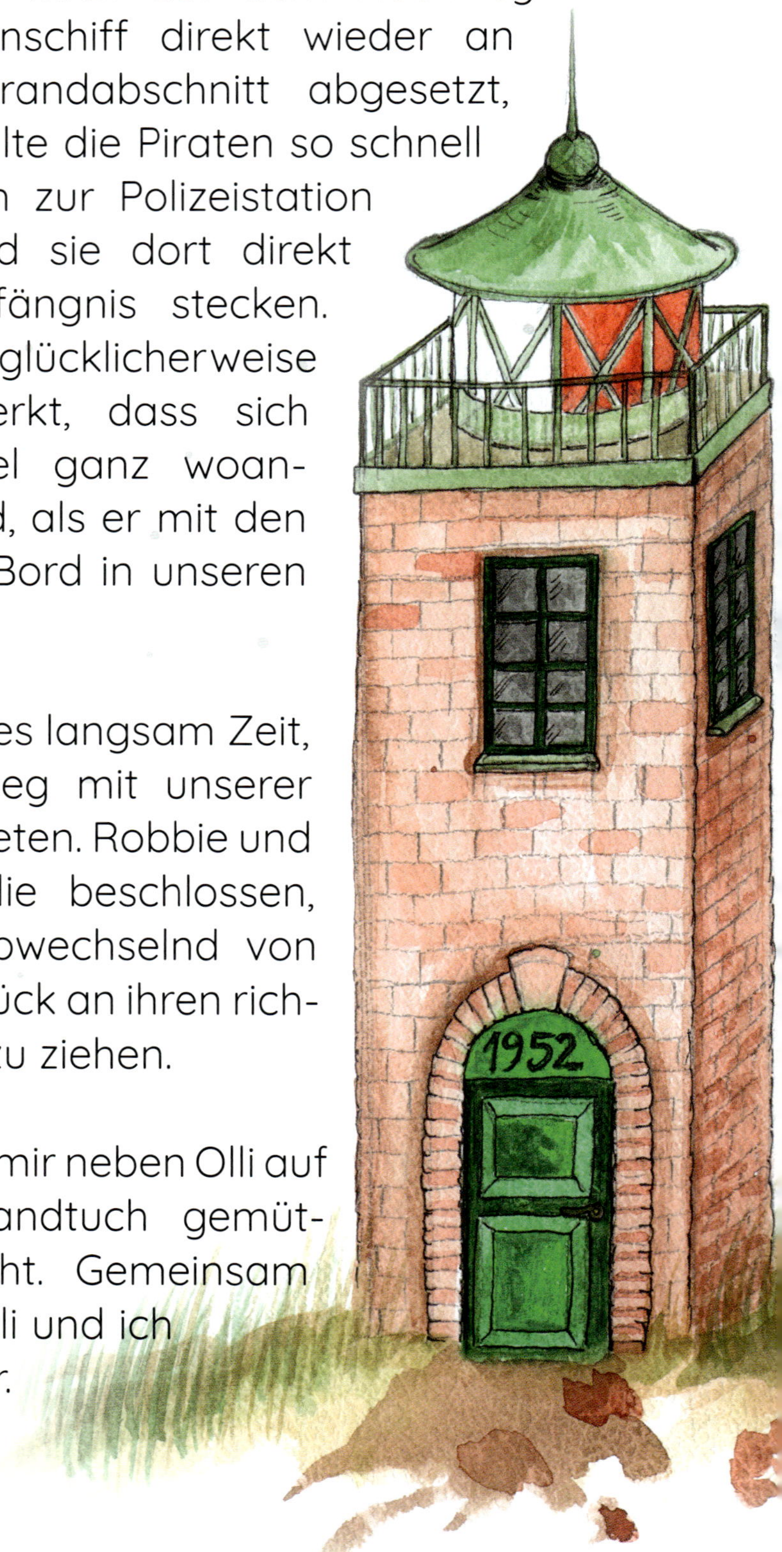

Olli schlief zur Abwechslung mal nicht. Wir beobachteten die kleine Robbenfamilie, wie sie nun unsere Insel abwechselnd durch das schöne blaue Meer zogen.

Wir freuten uns über das lustige Treiben der Vier. Sie planschten und glucksten und hatten sehr viel Spaß dabei, unsere Insel wieder nach Hause zu ziehen. Die Sonne senkte sich schon ein wenig und ihr Licht spiegelte sich wunderschön auf der Meeresoberfläche.

Die Rückfahrt war herrlich. Der Wind war nicht so stark, und es war auch gar nicht kalt, obwohl die Sonne schon fast untergegangen war.

„Es ist schön, dass wir so tolle neue Freunde haben", sagte Olli und blickte auf die kleine Robbenfamilie. „Ja, das finde ich auch", antwortete ich, „sie sind so lustig. Schau mal, Robbies Schwester zieht die Insel jetzt, und sie macht so lustige, hopsende Bewegungen dabei. Die hat richtig viel Spaß dabei unsere Insel durchs Wasser zu ziehen. Und sie ist fast so schnell wie Robbie.

Man könnte meinen, dass die ganze Familie von der Alge gegessen hat, findest du nicht auch?“

„Das könnte sein“, antwortete Olli, „die sind wirklich alle sehr schnell.“ Ich wollte es genauer wissen, stellte mich an die Wasserkante und rief in Robbies Richtung: „Robbie, hast du deiner Familie von der Alge gegeben?“ „Ja, das habe ich, merkt man das etwa?“, fragte Robbie lachend zurück und erklärte: „Ich wollte unbedingt, dass sie genauso schnell sind wie ich. So können wir in der gleichen Geschwindigkeit durchs Meer brausen, das finde ich total klasse. Übrigens, wir sind gleich da, ihr seid gleich wieder zu Hause! Wir müssen nur noch an den anderen Inseln vorbei, dann ist es geschafft.“

„Das ging ja schnell“, staunte Olli und Robbie sagte: „Ich werde jetzt zu meiner Schwester schwimmen und ihr das Seil abnehmen. Es ist besser, wenn ich die Insel das letzte Stück ziehe, um sie in ihre genaue Position zu bringen. Ich bin nämlich der einzige, der genau weiß, wo sich die Verankerung für

eure Insel befindet.“ Fröhlich tauchte Robbie wieder ab und übernahm das Seil von seiner Schwester. Nun zog Robbie, umringt von seiner Familie, unsere Insel hinter sich her.

Durch die einsetzende Dämmerung war es kaum zu erkennen, dass Robbie uns jetzt mit nicht ganz so großer Geschwindigkeit zurück an unseren eigentlichen Platz zog. Als wir angekommen waren, befestigte Robbie die Insel wieder an ihrer Verankerung. Nachdem er damit fertig war tauchte er wieder auf und rief stolz: „Erledigt, sie ist fest!“
Nun schwamm er mit seiner Familie auf uns

zu, um sich im Namen seiner Eltern und seiner Schwester bei uns zu bedanken: „Vielen Dank ihr beiden, ohne euch hätte ich es nicht geschafft, meine Familie zu retten."

Die anderen Familienmitglieder nickten zustimmend und schwammen gleich wieder fröhlich hin und her. Robbie blieb noch ein bisschen bei uns, und sagte etwas leiser: „Ich denke, es sollte unbedingt unser Geheimnis bleiben, dass sich eure Insel bewegen lässt." Das war für Olli und mich selbstverständlich. Wir waren der gleichen Meinung und wir antworteten: „Ja natürlich, das bleibt unser Geheimnis!" „Prima!", antwortete Robbie und fügte grinsend hinzu: „Wie ich es schaffe, die Verankerung zu befestigen und zu lösen, bleibt aber mein Geheimnis!"

Wie schade!", rief ich, „ich bin doch so neugierig, ich würde zu gerne wissen, wie du das machst!" „Ich auch!", rief Olli, und seine Augen leuchteten vor Begeisterung. „Nein, das würde ich nie verraten!", lachte Robbie verschmitzt: „Stellt euch vor, jeder könnte die Insel mal eben wegziehen... Das würde einiges durcheinander bringen! Und bei dir, Olli, wäre ich mir auch nicht so sicher, ob du das nicht auch für deine

Streiche nutzen würdest!“, sagte Robbie und lachte Olli augenzwinkernd zu. Da musste ich Robbie recht geben. Olli würde sich garantiert verrückte Streiche ausdenken, wenn er wüsste, wie das geht.

„Ich habe noch eine Bitte“, Robbie schaute uns vielsagend an, „Würdet ihr mir sehr bald noch einmal helfen? Ein Freund von mir steckt in Schwierigkeiten. Er ist ein Eisbär und heißt Bernd, er wohnt in Grönland.“

„Na klar!“, wir waren begeistert, „das machen wir sehr gerne! Es hat uns große Freude gemacht deine Familie zu retten! Und wir freuen uns auf ein weiteres Abenteuer mit dir. Sag Bescheid, wenn du uns brauchst!“, antwortete ich. „Das mache ich!“, sprach Robbie und verabschiedete sich mit einem leisen: „Bis bald, ihr Lieben“, und schwamm dem Sonnenuntergang entgegen.

Die Autorin Petra Knocke lebt und arbeitet auf der Insel Föhr.

Die Geschichte rund um Hanna und ihren Freunden ist an langen Winterabenden beim Träumen vom nächsten Sommer entstanden.

Ein herzlicher Dank geht an Hilke Spinelli von Föhr für die Illustrationen, an Thore Vermehren für die Buchgestaltung und an Karl Gerd Amerongen sowie Katharina Sieckmann für ihre Unterstützung.